LASTING WOUND

ONE DAY

SUMEET KUMAR

SUMEET KUMAR

SUMEET KUMAR ,A adult who experiences many phases of life ,a well known writer aand a writer of new era .in reality he is a well known writer as well as singer ,poeter,shayar,quote writer ,lyric writer,standup comedian ,and a kind of tutor (as a hobby) .Very exciting fact and intresting fact about him he is author of New era i.e.he starts his writing jourmey at the age when he was going to schools to get the study .His streak of 100 books will be the great achievement for him in future .His some famous works i.e.

Maturity of Love (Genre -LOVE) ,Privacy for dream (Genre -LIFE STYLE OF MIDDLE CLASS FAMILY)

By the way one more amzaing fact about him he wrote 71 books with the precious eye of imagination so if you wanna the most precious non -fiction or fiction or other kind of genre just visit on the sites

NOTION PRESS, ABE BOOKS ,IMUSIC,GOOGLE AMAZON,FLIPKART ,KINDLE EBOOK,AND MANY INTERNATIONAL SITES. AND SEARCH SUMEET KUMAR ,YET YOU CAN ALSO WRITE ON THE GOOGLE PLATFORM WHERE YOU GET THE MOST FICTION AND NON FICTION BOOK OF HIM ....

INSTA ID :BOOKHUB92

GMAIL.COM.SUMITKUMAR882342gmail.com

Contents

Preface

Enter Caption

This is not just a story ,there is a truth I am going to tell , this is such a laughing night of the pain that i have written in the mess of relationship ,and this fact matching with journey of lie where u start to trust someone how ,I dont know but my words taught you tha fact of life where u belive in such kind of relationship who never belonged to you ....

SUMEET KUMAR

Acknowledgements

SUMEET KUMAR

Special Thanks to my soul and the heart of mind which always support me from the behind whether I got the bad days of my life and do constant sturrgle to make my dream possible like my status and more thing I Just wanna to said about my imagination that he has continually put with my passive voice ,and I have been wonderful to got him as as soul mate .

CHAPTER ONE

LOYAL WRATH

Enter Caption

zindagi mein kayi utar chadav aate hai per iska matlab ye
toh nahi ki ham apni khushiyon ko chhod kar ,apni

badnaam per bharsoha kre ,mein jo kehna cahta sayad vo baateion thodi alag hai ,aur sayad kuch log ish samajh kar bhi ishe samjhana nahi cahte ,aksar zindagi mein jab ham koi khwaab dekhte hai toh uske sath do cheeze judi hoti hai ek jo sahi hoti hai aur dusri jo galat ,per hamare raste bhi ush manjil per jaane ke liye tayar hote hai jiski seema aur dagar seedhi ho ,ham kabhi un rasto per chal hee nahi sakte jiski samt toh dhundli hai per uski manjil bilkul saaf ek aayene ki tarah , maione jo bhi mahasoosh apni zindagi seh ye epane khwaab seh yeh tazurbe seh ,umar kishi ki jagir nai hai jo waqt ke khilaf apko madad kare ye ye kishi ki sagi bhi nahi ,per ha kuch log hpote hai jo iske seema ko apne hissab seh tham kar rakhna cahte hai per ye vo cheez hai hee nahi jiske liye aap apni kurbaani de ,agar ham kishi ko pasand karte hai toh kyun karte hai ?kyunki vo insaan hai aur uske bhi do pau aur aur do hath hai aur ek naak aur do aankheion aur kaan bhi hai ? mujhe toh ahi lagta ,kyunki insaniyat matr ek khwaab hai jishe ham sirf apni shiddat ke badaulat inda rakhne ki koshish karte hai varna agar iski mehfil bhi sahi tarreqe seh dekhi jaaye toh ye bhi murde ki hee mehfil mein shammil hai ,khiar jo baateion mein aap sab ko batana cahta hun vo na toh zindagi aur na hee maut ki koi talim aur ilm ,vo bash ek najariya hai ,mein nahi janta ki mujseh judi hai ye nahi per sayad mujhe ye lagta ki zindagi bhi kuch ishi tarah ki hai vo bhi behad matlabi ,kyunki ye hame aashan seh apni saaseion bilkul nahi lene deti ,agar iski aahat bhi apko mahasoosh karni hai toh khone ke liye hisse mein jo ushe toh tyag karna hee parega ,akhir kar yehi toh zindagi hai ? kyun ?

Bachpan ki kuch baateion hai jo aab bhi yaad aatia hai ,uski talim unki ilm aur har ek khwaab aaj jabhi yaad karta hun toh aisha lagta hai ki ye zindagi aur vo zindagi behad alag thi ,matlan kayi fasle hai dono ke beech ,jaha bachpan mein papa ki ungliyon ko tham kar aur bhai ke kandho per baith kar purra sehar ghumta aaj vhi kandhe aur papa ki vo ungliyon ko dekhne ke liye bhi tarasta hun ,aisha lagta hai sab kuch sahi per jaishe hee zindagi badla ye iski umar ki aagaz ne thodi karvat kya li ,ham tajmahal seh seedhe kishi karkhane mein pauch gaye ,jab bhi kuch purane dosto seh milta hun toh vo aab bhi kehte hai " vo din bhi kya din thhe " ,suna hai yaadeion logo ko kabhi jeene nahi deti per agar vo aachi ho toh unhe marne bhi nahi deti ,khair agar marne ki baateion kare toh sajde mein kayi log aaj bhi tayar hai khud ko kurbaan karne ke liye ,aur agar jeene ki baateion karo toh kayi log dusri taraf aur bhi jo apni maut ko apni mehbooba kabhi nahai banana cahte hai ,khair ye baateion toh jeene aur marne seh judi hai jiske baare mein maine kuch khaas talim hassil nahi ki hai , ye duniya hee dhoke seh bani hai toh ham apni zindagi seh bhale kya sikba kare ,vhi hame jeene ka hausla bhi deti hai aur vhi hame marne ki khushi bhi ,kyunki aishi baat toh bilkul nahi hai ki log jab bhi marte hai toh dard ki riwayat lekar hee marte hai ,kyunki maine kayi saksh aishie bhi dekhe hai vo bhi maine khud ki zindagi mein jo shaan seh marte hai bhale hee unki saaseion unhe jodd seh pakad kar hee kyun na rakhe , ye ishq ,maut ,zindagi ,khwaab ,umeed sab aayene hai ,kyunki ye hame ush bhavishya ko dikhane cahte hai jiske har ek neeb dard seh bhari toh hai per iski haqqeqat ko apna kar aage badhna hare kishi ke baash ki baat nahi hai , maine sirf rishte khoye hai vo insaan nahi ,kyunki agar rishto seh hee kishi ki pechaan judi hai toh vo saksh kabhi insaan ho hee nahi sakta ,agar koi saksh kamjoor hai aur agar hamare rsihte aur taal mail uske sath theek nahi hai toh kya ham ushe chhod dege ,maine toh kishi bhi kuraan ,yeh bhagvad gita mein ye baateion likhi nahi dekhi hai ,agar ham inki ijat karte hai toh hame ush saksh bhi ijjat zarrora karni jishe loog insaniyat ke naam seh pujte hai , maine kuch khoya nahi hai kyunki khote toh tab hai jab vo cheez apni ho ,ijjat ,daulat , be-shumaar mohabatt ,rishte ,dhoke ,ye sab hai kya ? kya un rishto ko hamne banaya hai ? agar banaya hai toh phir loog yeh kyun kehte hai ki hamara malik vo uparvala hai ,agar ush uparvale ne hamare rsihte banaye toh kya vo kaanch ke hai kyunki maine toh aihse bhi rsihte dekhe hai jo pal bhar mein tuut jaate hai cahe vo kohhn seh hee jude kyun na ho , phir jaat paat aur dharm ka masla kisne khada kiya ,kyunki maine toh ye bhi suna hai ki sab ke malik ek hai ,phir llogg dharm ,jaat ,paat rang bhed seh alag kyun kiye gaye hai ,iski seema kisne banya hai ? kahi insaan ne toh nahi banayi ,kyunki uparvale ne kabhi ye nahi bataya ki ham kishi dharm ke ,toh ye kaun shi vidya hai jishe hame sab kuch mann kar eki dusre seh alaga hai jab ki dikhte bilkul ek jaishe hai , agar ush uparvale ne hame banya hai ,toh hamar rishe bhi ushi seh jude hai ,aur duniya i har vo cheez jish per ham apna haqq jatate hai vo bhi cheez unhi ki hai ,agar daulat be-shummar hai toh unhi ki ,agar hissse mein ijjat be-shummar hai toh unhi ki denn hai ,phir ek nsaan ye kyun kehta hai ,ki ye meri zameen hai ,meri ijat ,mera dharm ,meri aastha jab ki ham sirf raakh hai ush aag ki jo kabhi bhujti hee nahi hai .

maine ek aisha bachpan dekha hai vo bhi apni un aankheion jiski nibb mere bhavishya seh judi thi per kuch haadse aoshe hue zindagi mein ki vo khwaab bhi ateet ke paane mein kuch tarah bikhar gaye jishe jodte -jodte mere waqt ,halat aur meri har ek khushi gayab ho gayi .

khawishyan itni thi ki uske list kabhi purre ho hee nahi paate the ,mein unhe apni aankheion seh jitna dekhta vo aur badhti jaati ,uske baad unki umeed bhi toh thi jo mere sath kabhi nahi chhodne vali thi ,phir un sapno ko purra karne ke liye maine kayi haade parr ki ,apne ush aashyiane ko bhi chhod diya jiski ahosh mein khud ko mehfooz manta tha ,per ush waqt ek talim hassil hui vo bhi mere hisse mein ki agar kuch paane ki khawosh hai toh kuch khone ki shiddat bhi zarror honi chaiye ,agar vo shiddat nahi hai toh apni talab ko chhod do , jab aap kuch kurbaan karte ho na vo bhi khud ke liye toh uski khushiyan bahut lambe waqt tak nahi tehrati ,bhale hee vo sukoon zarror deti hai per vo lambe waqt apke sath nahi rehti ,insaniyat ek aishi shiddat hai jo agar hisse mein ek baar mil jaye toh iski riwayat apke sath rehti vo bhi marte dam tak .

khair na toh ye ush hisse ki kahani hai jish mein baayan karna cahta hun aur na hee ye kishi kaum seh judi likhwat hai jo mein aap sabke ke samne lana cahta ,ye toh bash ek adhuri shi cahat hai jo kuch panno ki suagat mein kishi ki yaad mein likhi aur syaad iski har ek likhwata sabko mahasoosh ye meri gujarish hai khud seh ,kyunki kahaniyan toh kahi hai ish duniya mein per baat haqqeqat ki hai ish baar kyunki kuch banabati hote hai tpoh kuch haqqeqat ke vo khwaab hote hai jiske wajood ki kahani hee kishi ke soch seh gujri ho ,

jab ek insaan apne rishte banata hai cahe vo mard yeh koi aurat toh sururaat vo bhale hee apne fyade dekhte hai per jab uski dhaage kacche seh majboot bann jaate hai tab uski ahosh tuttne seh kishi ek saksh ko jeete je maar deti hai ,aksar loog ye bhul jaate hai vo pehle mile kyun hai ,agar ek jaishe halat hai toh aksar unke rishte salamat rehte hai aur agar vhi waqt ke sath badal gaye toh unke rishte bhi unke halat ki tarah badal diye aate hai ,maine apni zindagi mein aishei rishte kayi dekhe hai jaha loog baateion toh aksar karte hai per jab zindagi inteaah leti hai toh vo aksar haar kar une rishto seh apna muhh moor lete hai , mein manta hun bhale hee meri umar kacchi hai per mere rishte jo maine banaye hai sayad uski ahosh bhi mere umar ki tarah hee kacchi hai ,kayi khwaab dekhe haio din mein per unki sham kabhi ek aishi nahi hoti , waiseh agar sahi tarreqe seh kishi din ki fidrat dekhi jayi toh vo insaan ki fidrat seh purri tarah mail khati hai ,kyunki waqr ke sath jish tarah insaan ki fidrat ushi tarah ek din ,mahine aur ek saal ki fidrat kayi baar badalti hai ,sooraj bhi apni fidrat bhul kar chand ko apni jagah dete hai toh hamare rsihte jo kabhi soorja ki jagah le hee nahi sakte vo khud ko kiaseh badalne seh rauk sakte hai ,najariye ki sham bhale hee alag hoti hai per uski raat hamesha ek jaishi hoti hai , har kishi ki zindagi aashan nahi hoti ye baateion maine kayi baar suni hai ,per kabhi mahasoosh kiya kyunki jish tarreqe seh maine har vo shiddat apni hisse mein dard ke kaagaz mein likhi hai vo aashan toh nahi ho sakti per taqleef bhari bhi bilkul nahi hai ,kyunki ham vhi khwaab dekhte hai jo hamare jehan mein hamne pehle seh tay ar rakhe hai ,matlab ham apnmi zindagi ke har khwaab khud banate hai ,ye jinhe ham yaadeion kehte hai uski soch bhi hamare aandar seh hee tay ki jaati hai ,ye kishi aur bahari duniya seh nahi aati ,iski har ek soch hamare bheetar hee judi hai jish ham nafs keh le yeh aatma , loog ye bhi kehte hai ki apne khawaab aude ke hissab seh agar dekhe jaaye toh sayad uski asliyat bhi kuch ushi kadar seh hoti hai ,vo bhi bilkul karvi jaha tak maine ish mahasoosh kiya ,jab bachpan ki har vo yaadeion ush mohalle mein chhod kar aaya toh baad mein pata chala ki zindagi aab badal chuki hai per itni badal jaygei ki khud ke cehre bhi ush aayene mein badal jayege ye kabhi nhi janta tha , umar ke sath sirf majbooriyan yeh jimmedaari nahi badhti balki apke khwaab aur uski nibb bhi badhti hai aur jab ham uski rahh per chalte hai tab majbooriyan ki gaath hame pareshaan karti hai ki hamne khoya hai kya apni zindagi mein ,ye hame kishi cheez ki gujarish hai ,ye zindagi koi klhel nahi balki iski har ek likhwat wqt ek sath sahi tarreqe seh likhi gayi hai vo bhi ek matra mein , vo kehte hai na har kishi ki soch ek jaishi nahi hoti ushi tarah seh har kishi ke khwaab , majbooriyan aur hisse mein milne vali saugat bhi ek jaishi nahi hote per uski soch hamesha ek hee hoti hai aur vo ishliye hoti hai kyunki uski likhawat bhi kishi ek sash ne hee ki hai , agar zindagi soch ke badaulat per hee age badhne lage toh mehnat muh morr legi aur agar mehnat per hee chalne lage toh farogh sath chhod degi ,jaishe ham apne rishte ko bade aaram seh aur sahi tarreqe seh banate hai ushi tarah seh inke rishte bhi bade aaram aur sahi tarreqe seh banaye gaye ,aishi baat nahi k inmein matt bhed nahi hote aur jhgade nahi hote ye bhi bilkul aam hai hamare rishto ki tarah per ek chhote seh aantar ke karan ye hamse alag hai aur vo aantar ye hai ki iski har ek nibb inhone khud banyai hai ,na toh kishi ke sahare ki aash hai inhe aur na hee inki nauka kishi ke sahare ki mauhtaaz hai ,inki mehfil bhi veeran hai aur inki soch bhi ishliye inki zindagi mahan hai aur hamari zindagi ek khwaab .....

"

KI CHAL

MAANA

TUTTI

HAI SAAKH

MERI

PER

CHIDIYO

KI SUAGAT

AAB BHI

MERE
AASHIYANE
TAK
AATI
HAI
KI CHAL
MAANA
TUTTE
HAI
KHAWAB MERE
BACHPAN
KE
PHIR BHI
MERI JAVANI
ISKI
SURAT
DEKH
HAR ROJ
AAGE BADH
JAATI
HAI ...."

"

TUMNE
WAQT KE
SATH
MERE
BADLE
HAI
MERI BAARI
AANE
DO
MEIN

TUMHARI
PURRI
KAUM
HEE BADAL
DUNGA .”

CHAPTER TWO

BEHIND THE PAST

Jab aap lamho ke liye jeete ho na toh vo zindagi nahi hoti kyunki waqt ke sath usme bhi kayi badlaab hote hai aur ye zarrori toh ki haar baar vo hamare liye behtar hee ho ,kayi loog hai ish duniya mein jinki kismat hamse bhi acchai hai per sayad mein kabhi unhe nahi manta ,per jab baateion agyaan ki hoti hai tabhi surat gyan ki dekhti hai ,per ham samajh nahi paate kyunki ush waqt sururaat fanna ki hoti hai vo bhi waqt ki mehfil mein ,hazaro sapne dekhe hai hamne ,waiseh baateion bhi karte hai per un baateion mein hame ye lagta hai ki hamari umeed chhoti hai kyunki aksar ham jab unki taraf apne kadam badhate hai toh vo mushkil lagne lagte hai aur ushi waqt hamare sapne bhi hamare liye ek umeed ki jagah mushkil bann kar samne aati hai ,mein har waqt baayan nahi kar sakte ki mein kya sochta hun aur mein hun kya ,per mujhe itna zarror pata hai ki mein jo kar raha hun sayad mere bhavishya ke liye vo theek nahi ,kyunki zindagi aab ush moor per aa chuki hai jaha mujhe rukna nahi hai ,jitne bhi lamhe bitaye hai syad vo kuch khaas nahi per jo yaadeion hai unke sath kabhi rehna cahta kyunki unse kabhi khushiyan milti hee nahi hai har waqt ek naye dard i sururaat hai vi ,aisha lagta hai kabhi ki har din bash mere shiddat seh judi ek andheri raat hai ,mein aage badhna cahta hun per khud ke sahare ,khud ke liye ,apni ek nayi duniya banab cahta hun ,per khud ke badaualat kishi aur ke nahi ,khair ye toh ek jariya hai jo bhi maine kaha apne alfaazo kyunki jiski sururaat mein karne vala sayad uski andheri raat ko sehna har kishi ki baat nahi hai ,muhe khud bhi nahi pata ki meri kahani kya hai per mein khud ko dhundne ki koshish zarror karunga vo bhi un raaho ke share jishe maine kho diye hai ....

DAKSH VAISHYAS
BHOPAL
462001
S.I LINE

Mein ye baateion kyun likh iski bhi ek wajah hai kyunki mujhe khud bhi pata mere naam ki pechaan hai ,aur yaad bhi kaiseh rahegi jiski sururaat hee ek juth seh hui hai usek aant ki wjah toh lajmi hai ki kuch ish tarah seh hee hogi , mere papa hamesha kehte hai ki ap[ne bhavishy ko banane ke liye tumhe apne ateet ki koi zarrorat nahi hai ,kyunki jo lamhe ek baar beet jaate hai unhe yaad kar ke kabhi aage badhne ki talim nahi milti ,sayad vo sahi hai ,unhone mujseh jo bhi baateion kahi hai vo bhi sahi per sayad mein naadan tha ush waqt ishliye unhe bina samjhe unke ush aashiayne ko chhodkar chal para , Ma ke baare meion agar kahu toh jaan hai vo meri kyunki jo unhone mujhe sikhaya hai aur koi sikha hee nahi sakte aur vo ishliye nahi sikha sakte kyunki unki tarah koi dusra hai hee nahi ,waiseh mein apni ma ke sathe hee rehta hun kyunki papa ko kabhi waqt hee nahi milta ki vgo mere sath rahe ,iski bhi ek wajah aur vo bhi koi kaam ki mujseh durr nahi hai balki apne farz ki wajah seh hai ,unke farz ki kahani bhi kuch ish kadar ki hai ki vo hame kabhi batate hee nahi per ma unper bharosha karti hai aur vo kyun karti hai mujhe bhi nahi pata ,kabhi kareeb seh jaane ki koshish hee nahi ,sayad jaan lena lete toh zindagi ish kadard nahi badalti ,maine bachpan seh kishi bhi tarah ki koi bhi mushkil nahi dekhi hai ,agar aishi naubat bhi aati thi toh papa ushe sambhal lete thhe ,ek accha school ,padhne ke liye sarri cheeze ,khane ke liye kabhi nahi rona aur duniya ki har vo cheez thi mere paas jo aajkal har kishi ke pass nahi hoti ,khair bachpan seh kishi bhi tarah mujseh umeed nahi ki gayi ,mein cahe apni zindagi kishi bhi tarreqe seh kyun na jee lun ,mere mom dad ko isse kabhi aitraaz tha .agar mein barbaad hun toh barbaad hee sahi aur agar mein aabad hun toh vo hee sahi ,bachapn mein kabhi khud ko kareeb seh jaane ki koshish nahi ki ,kyunki waiseh talim hee nahi mili thi ,per jab pehli baar sasbne sath chhod aur jab ush dhoke ki surat dekhi na toh bhul gaya sab kuch ,aur ush waqt jo wajah mujhe yaad vo bash itni shi thi ki kaash ush waqt khud ko sambhal lete toh ye dusri zindagi jo mujhe kuch haas rash nahi hai vo mere paale na parti .

Tosh sururaat karo ush andhere raat ki har ush kahani ki jo sirf dikhne mein sahi lagti hai per asliyat mein uske bhi kayi cehre hai ,aur kuch aishe cehre hai jo rishto seh hokar gujarte hai ,mein pehle samjhata ki ye duniya kitni sundar hai matlab loog ek dusre seh kitna pyaar karte hai ishi ko apne kaam seh pyar hai toh kishi ko daulat seh ,matlabn sahi hai zindagi hamari jo bhi chal rahi hai loog khud ke raste kishi dusre ke sahare bante hai aur mujhe inse kuch dikkat nahi hai per kehte hai jab apne pe aati hai toh ham khud ke liye pehle sochte hai per sayad ush waqt maine khud ke baare mein nahi socha nahi tha ,aur agar soch bhi liya hota toh syad zindagi kuch ish kadar ki nahi hoti ,khair jo bhi apni kahani toh batani hai toh chaliye sururaat kar hee dete hai ..

Mere naam ki pechaan aap sab ko maine pehle hee bata di per jish safar mein maine apni sururaat ush safar ki jhalak **BHOPAL** seh suru ,jaha maine janm liya tha matlab meri janmbhhomi ,bahut yaadeion judi hai ish jagah seh kyunki maine apni zindagi mein jo kuch bhi khoya hai vo yehi seh khoya hai aur jo kuch bhi paaya vo yehi seh paaya khair ish kahani ko mein prra kar payunga ye nahi mujhe nahi pata per mein itna zarror janta hun ki mere aant ki pechaan seh hee meri sururaat ki neeb judi hai .

jab maine apni padhai purri ki toh papa ne ek saval pucha ki tu karega kya ,maine ush waqt unse bash itna kaha ki mujhe kuch waqt chaiye sochne ke liye ,waqt ki tanhaiye kuch ish kadar mili ki raste toh saare sahi per maine apni manjil galat chunn li aur vo manjil mere hisse mein aaj bhi ek shaap hai,aur mein ushe bhulona nahi cahta na hee bhulunga ,jab mein **BHOPAL** mein rehta toh mer kuch dost thhe ,maine thhe ishliye lagaya hai ki rishte seh toh vo mere liye vhi thhe per syaad mein unke liye sirf ek jariya tha aur kuch nahi , jab koi saksh apko apni fidrat bana le toh samajh jaan chaiye ki zindagi mein usse zyada bharsoha karne vala saksh koi dusra nahi milega per agar vhi unki fidra apki daulat seh ho jaye ye kishi matlab seh ho jaye toh vo zindagi jeene layaki nahi bachti balki ek jehar lagne lagti hai aur sayad maine ush jehar ke kareeb tha ushe peene ke liey ,muhe nahi pata vo saare mujseh kishliye jude thhe kaun seh matlab vo mere sath rehte thhe per mein itna zarror janta tha ki meri sacahi unke juth ke samne kaam nahi vali ,waiseh ye sayad

12TH SEP ki baat hongi jab mein aur mere matlabi ghumne ke liye nikle vo bhi mere car seh jo ki mere papa ne mujhe 18th birthday per mujhe gift ki thi per maine kabhi ushe chua nahi na hee chalane kii koshish ki iski bhi ek wajah hai khair kehna nahi cahta nahi toh phir seh vo purani yaadeion aur jehan ko pareshaan karna sab yaad aayega .

khair mein jishe apna sabse accha dost manta tha vo ATHARV tha ,matlab m,aine apne bachoan seh lekar javani tak jitne bhi kaand kiya hai ushi ke sath kiye hai ,jaishe ki school ke bell mei bomb lagana ,teacher ke cabin mein chhitiyan chhodna aur bhi bahut saari cheeze hai yaad kare vali , ham sirf paake yaar nahi thhe balki bhai jaishe thhe ye sab kehte thhe ,per mujhe vo wajah pata hee nahi thi ki vo rsihte yeh jo yaadeion maine uske sath banaye vo sirf ek juth aur kuch nahi khair abhi agar vo baaateion bata di toh syaad mein jish darad seh hokar gujra hun sayad aap ushe mahasoosh nahi kar payoge ,khair chalo sab kuch batata hun per usse pehle intezaar ki ghariya toh ginni hee paregi .

12TH SEP ki baat jab ham ek sath **LONAVALA** ke liye nikle thhe matlab mein **ATHARV , DEEPAK , KABIR** ,MOHIT aur mere dost ka pyaar AYESHA bhi , waishe ATHARV usse behad pyar karta tha ,matlab maine unhe ek sath jab bhi dekha vo ek dusre seh ek dusre ke baare mein puhte hee rehte thhe ,per mujhe isse aitraaz nahi tha kyunki maine kabhi inki sururaat khud ki zindagi ki hee nahi ishliye kuch khaas cahat nahi judi thi isne khair aage badhna hai toh chaliye chalte hai , jish din ham **BHOPAL** seh **LONAVALA** jLa rahe thhe ,toh sururaat mein sab kuch theek tha per achanak seh jqab ham aadhe raste pauche toh ATHARV ne **AYESHA** seh ye kha ki tum mujhe cheat kar rahi ho maine tumhe kal kishi aur ke sath jaate hue dekha hai uske sath ghumte hue dekha hai ,kaun tha vo ? kiske sath ghum rahi thi ?

ATHARV : Batayo mujhe ayesha kiske sath ghum rahi thi tum aur kaun tha vo ladka ?

AYESHA : Kya bakwas rahe ho mein kal kishi ke sath nahi thi mein toh purre din apne ghar
per thi .

ATHARV : Juth matt bolo maine tumhe dekha hai kish ke sath ,aur sirf maine nahi kabir ne bhi dekha hai .

AYESHA : oh god ! kya keh rahe ho tum mujhe kuch nahi samajh aa raha agar tumne ushe mere sath dekha hai toh proof kya hai ?

DAKSH : kya hua ? tum loog ek dusre ke sath yun ladd rahe ho aur atharv ho sakta hai tunne kishi aur ko dekha hoga chhod na ..

ATHARV : Agar tu bolta hai toh jaane deta hun per maien ishe dekha tha aur mujhe purra bharosha hai ki ye kal kishi aur ke sath rangraliya bna rahi thi ..

AYESHA : Stop ! fucking judge my character atharva ,,agar tumhe lagta hai ki ein kal kishi ke sath thi toh thi tumhe kya karna hai meri zindagi mein kishi ke sath rahu ,kishi ke bhi sath soyun tumhe kya fark padta hai tumhe toh kabhi mere liye wat hee nahi milita ,tumhare dost ,DASKH aur parties bash yehi toh tumhari zindagi mein mere ilava .

ATHARV : Agar tumne daksh ka naam apni juban seh dubara liya toh mein bhul jayunga ki mein tumse pyar bhi karta hun .

AYESHA : oh really daksh ke chamche .....

DAKSH : ok ok ! stop it now ho gayi ladaiyan meri wajah seh toh matt lado ,atharv tu meri gadi lekar mein kabir ke sath aata hun uske bike per ..

ATHARV : Dakshu ye kya keh raha hai tu ? mein nahi jaane vala tere bina vo bhi iske sath ....

DAKSH : Tujhe meri kasam atharv ja ,bola na ja bhai ki baat nahi maanega ...

AYESHA : Daksh I m really sorry mere vo matlab nahi tha mein bash thoda gussa thi kyunki ham ek toh itne din baad mile upar seh ye mujhper sakh kar raha hai ki mein kishi aur ke sath thi .....

DAKSH : koi baat nahi mein samajah sakta hun tum loog jayo mein kabir ke sath aata hun bye .

Maine ush din jo bhi suna vo kuch ajeeb tha mere kaano ke liye kyunki maine vo baateion kabhi unse suni hee nahi thi ,mein bishvaash nahi kar paa raha tha ki in dono ki ladai bhi hui vo bhi mere samne ,matlan kaishe ? aaj seh pehle ye dono ek dusre seh kabhi nahi aur aaj ek aishi baar inki behas ho rahi jiski ki koi khas wajah nahi hai ,khair maine ush waqt unki baateion per dhyan nahi diya tha ,aur **LONAVALA** ham abhi ytak pauche aur kaffi raat bhi ho gayi ishliye hamne **HOTEL** checkouts kiye aur hamar kismat itni khraab ki saare kamre bhade hue thhe matlab looge seh ,bahut muskil ke baad ham sabne **LEAF HOT** hotel mein jagah mili aur vha per hamne do room pehle vale mein **ATHARV** aur **AYESHA** thhe aur dusre mein ,kabir ,mohit deepak aur mein ...

kehte hai na ab lambe waqt tak kuch na badle aur phir achanak seh sab kuch badal jaye toh zindagi ek alag hee karvat leti hai matlab vo raat hee kuch aishi thi mere liye aur sayad sab ke liye ,kyunki jish khel ki sururaat vo khatm karne vale thhe mein usse anjaan tha ,mein toh ye janta bhi nahi tha ki rishto ke share loog kuch ish kadar bhi khel sakte hai ,raat tak sab kuch theek tha per jab subah hui toh mein kamre mein akela matlab mujhe koi dikhai nahi de raha tha ,maine ush hotel mein har ek kamre dekha per vo vha bhi nahi tha , maine yeha tak unhe kayi baar call bhi kya per sab ke phone switch of aa rahe thhe ,mein kuch samjah nahi pa raha tha ki ho kya raha hai ?matlab sab hai kaha ? kya vo theek hai ? isse pehle mein vha seh unhe dhundne nikalata usse pehle POLICE aa chuki thi ,per kishliye aayi thi mujhe nahi pata ,unhone aakar seedha mujhe kaha apko hamare sath chalna parega ,maine kayi baar unse pucha bhi per unhone mujhe javab nahi diya ? bash mere hath mein hathkariya pehnaiye aur mujhe vha seh lekar chale gaya ,per jsih jagah mujhe lekar gaye thhe vo ek HI -TECH jagah thi ,matlab CBI ki tarah ,har jagah camre lage thhe ,kayi loog jo ki apne kaam mein genius thhe vha baithe hue thhe ,matlab ethic hackers aur bhi bahut saare ,jab vo vha mujhe lekar toh maine unmein seh kishi ek ko ye bolte suna ki sir! kaam ho chuka aap jaldi aa jaiye , matalb ho kya raha hai ,bash ek hee saval mere jehan mein ush waqt ghum raha tha ki kya hua ,mere dost kaha hai ? kya vo theek hai bhi ye nahi aur agar nahi theek toh hai kaha ,ye kaun shi saajish hai jiski ahosh mujhe kaid kar rahi hai aur jehan mein sirf ek saval puch rahi hai ki ho kya raha meri zindagi mein kyunki kal tak toh sab theek per aaj kya hua ? waiseh hairaan karne vaali baate ye thi ki mein ush waqt ek aishe saksh seh mila jo mere behad kareeb thhe ,per maine kabhi socha nahi tha ki mein unse ish kadar bhi milunga ,matlab ish kaar ham ek dusre seh muqabli honge ,kyunki jish insaan maine sirf baateion suni hai vo sirf mere liye aaye hai ,mein ish baat per bharosha nahi kar pa raha tha ,kyunki unke liye unke farz seh zyada zarrori bachpan seh kuch bhi nahi hai ,khair vo koi aur nahi mere DAD hai ,ATUL VAISHYAS ,maine kabhi inse kuch bhi nahi pucha na hee mein inke farz ke beech mein aaya ,per ush din ek saval ki qafas jo mujhe pareshaan kar rahi thi vo koi aur nahi balki ye thi ki meri dost hai kaha ? kya hua unke sath aur mujhe ish kadar yeha kyun laya gaye hai ,aur mere DAD yeha ke HEAD hai matlab kya hai ,kya vo ek POLICE OFFICER hai ,per ma ne toh yeh kaha tha mujseh ki tere dad fauj mein hai ishliye unhe waqt nahi milta ,kya hai yen aur kyun hai ye ,ye kaun shi qafas hai jo mujhe pareshaan ar rahi hai ,maine unse kayi saval pucche per unhone ek bhi javab nahi diya matlab kau shi seema unhe rauk rahi thi mein nahi janta ,kyunki na toh unhone apne kaam ke baare mein mujhe koi safai nahi di aur na hee mere doste ke gayab hone ki .....

"

KI QAFAS
KI VO
RAAT
KUCH KHAAS
YAAD
NAHI
MEIN LIKHNA
TOH CAHTA
APNE
DARD KI
HAR EK AARZO
KO
PER
UNKE
PAIGAM
MERI
MEHFIL
MEIN
KUCH
KHAAS
NAHI ...."

"TERE
MOHALLE
SEH GUJARNE
VALI

HAR VO SHAM
KHAAS
HAI "

" *MEIN BHALE*
HEE TUJSEH
WAABASTAA
RAKHU
YE NA
RAKHU
PHIR
BHI
TU
MERE
HISSE
MEIN
VASL
KI
PECHAAN
HAI .... "

IMMORTAL PAIN

Sayad rishto seh gujarne vali har train khaas nahi hoti ,matlab jinta ham sochte hai utni umeed kaam nahi karti ,jab kabhi tutt jayo na toh rukna matt ,kyunki tum bhi ye baateion aachi tarah seh jante ho ki zindagi ek pal ki toh hai nahi kyunki iski kahani bhi kaffi lambi hai jo tumhare hisse aur mere hisse seh behad alag hai ye hame vhi dikhati hai jo ham dekhna cahte hai ,hamari soch kabhi bhi ek taraf nahi hoti ye jab bhi apni fidrat likhti hai toh udh waqt ye do taraf hee likhti hai khed toh ish baat ka hai ki ham iski musalsal chaal ko samajh hee nahi paate kyunki ye waqt ki kaffi kareeb aur hamari kismat behad durr hai ,aur mujhe ye baateion tab samjah aayi jab mere hisse mein sab kuch hokar bhi mein akela tha ,matlab ush din ki baat aur aaj ki baat behad alag ,kyunki ush din maine sirf apne dost nahi khoye apni zindagi khoyi thi jo ki unke bina adhuri thi ,unke ma baap ke saval jhakm ki tarah mere hisse mein aakar mujhe barbaad kar rahe thhe ,aur hairaan karne vaali baateion toh ye ki maine vo jurm kabhi kiya hee nahi jiski saja mujhe be-shumaar mill rahi thi ,matlab zindagi ki purrri tarah seh laga chuki thi ,kishi dhundta ? kisse ye saare saval puchta tha ki akhir maine kiya hai ? kyunki ush din toh sabki ki najron mein doshi tha akhir mein bach jo gaya tha ,per sayad ush din meri fidra mere sath nahi thi vo mujhe dukhaar rahi thi ki unke gayab hone kei eklauti wajah mein hun aur koi nahi ,per aishi baateion nahi hai ye kaiseh samjhayun unhe mein ? kaishe batayun unhe ki maine kuch kiya hee nahi vo mere apne thhe maine apna bachpan bitaya hai unke sath akhir kar mein unhe kaishe khud seh alag kar sakte hun ? koi toh samjho meri baat ...

ussh din jab mein apne ATUL VAISHYAS seh mila ,hairaan karne vali baateion hai na ki mein unhe DAD kyun nahi keh raha ? kyunki unhone ne sirf dikhave kiye samaj ki najron ki vo ek aache pita hai per mein unhe ye haqq nahi de sakta kyunki jish kadar maine ush jurm ki sjaa kaati hai jo maine kiya hee nahi ,mein en sab ke unhe ye darja nahi de sakta , ush din jab mujhe ush jagah per le jaya gaya jisse mein purri tarah anjaan tha ,matlan vo HI - TECH BUILDING ,toh pehle toh mujseh kiye gaye aur mein janta bhi nahi tha ki maine kiya kya hai ,matlab ye saval puch rahe hai ? unhe ye lagta tha ki maine apne dosto ko maara hai ,matlab mein en sab ke peeche ,mein toh janta bhi nahi tha ki unhe kishi ne maar diya ,per ye adhuri sachai hai ,aur ya baateion bhi kaffi waqt ke baad pata chali ,pehle unhone kayi saval kiye mujseh phir unhone mujhe torture kiya ,maara ,peeta aur vo sirf ek saksh ke kehne pe ,aur pata hai vo kaun hai ? vo koi aur nahi mere DAD (ATUL VAISHYAS) matlab ush din unhone ne apni purri haqqeqat apne nafrat ke hissab seh muhe jahir kar di ,mein unka beta kabhi tha hee nahi aur jinhe mein MA manta tha vo toh ek RAW AGENT nikli ,waiseh unke naam mein chupa nahi sakte ,chalo bata hee deta hun , ANJULINA VAISHYAS , vo bhi ush waqt samne thi jab mujhe unke loog torture kar rahe thhe ,bhale hee ush din kayi haadiyan tutti per aandar seh dard mahasoosh nahi ho raha tha ,matlab jo sash jinda tha vo marr chuka tha ush dion ,vo kishi murde seh ush din saval kar rahe rahe thhe ,lagbhag do mahine ye sab sehne ka baad mujeh chhod diya gaya , matlab ek din mein saare rishte maine kho diya per sukoon dene vali baateion ye hai bhi hai ki vo rishte kabhi apne thhe hee nahi ,mein khdu seh hee saval kar raha tha ki kya vo sach mein mere asli ma baap hai agar hai toh unhone aisha kyun kiya ? jab ki vo jante thhe ki mein kabhi aisha nahi kar sakta phir bhi unhone mujseh ish kadar ki nafrat mere hisse mein aakar dikhayi ? kyunki jish ma ne mujhe itni apne garv mein nau mahine rakha hai aur muujhe itne aache seh pala ,meri har ek khawisha ko purra kiya hai vo bhi akele ,akhir vo mere sath aisha kaishe kar sakti hai ,ush din mein un rishto ki asliya dekh kar hee aadha marr gaya tha ,ishliye kafi baar khudkhushi karne ki koshish bhi ki per vo saval na toh mujhe jeene de rahe thhe aur na hee mujhe marne , waiseh ye bata dun ki vo dono RAW AGENT thhe ,mere asli ma baap thhe ye nahi thhe mujhe ye bhi nahi pata ,maine ush saval ki har ek kadi ki todne ki koshish ki per mein ush javab seh behad durr tha, harr chuka tha mein kahi durr jaana cahta tha per jeb mein itne paiseh bhi nahi thhe , na khane ke liye aur na hee kahi rukne ke liye ,kyunki agar ush ghar mein vapas lautta toh sayad kabhi laut nahi paata kyunki jin rishto ko log uparvale ka darja dete hai akhir vhi haivaan nikle toh akhir ish duniya kaun seh rishte hai jinper ek insaan bharosha kare ?jo mehfil mujhe pehle mili thi aab purri tarah seh badal chuki thi mein kishi per bhi bharosha nahi kar sakta tha ,matlab jo raaste tutt chuke thhhe sayad kabhi judne vali nahi thhe ,ek umeed thi vo bhi kuch khaas nahi thi ,apne ghar ja nahi sakta kyunki vo apna tha he nahi kabhi ,rishte kuch khaas banaye nahi thhe jo mere apne ho ,agar hote bhi toh sayad mein un per kabhi bharsoha nahi kar sakta tha ,aage bhi nahi badh sakta kyunki kuch lamhe thhe jo peeche chhod kar aaya tha ,ha bash ush rishto ki gandigi seh nikalan cahta tha ,seham chuka tha ,bahut dard tha pehli baat vo bhi bina kishi chhot ke ,aankheion naam thi per roye nahi sakta akhir uski toh wajah pata hee hai ,mein unse khel bhi nahi sakte kyunki vo rishte bhi kabhi apne thhe per vo saval nahi ,kayi din mein bhuka raha uske baad kahi bhi so jata tha mein,matlab zyada waqt kishi station pet yeh kishi raste per , mein janta tha agar kuch din aishe aur nikal gaye toh sayad meri kabr tayar ho jayegi vo bhi mere hee hisse mein ,tab mujhe yaad aaya ki mere bachpan ka ekd tha jisse sayad mein mill sakta syad vo meri madad kare per uske mohalle bhi ja nahi ja nahi sakta kyunki uski gaaliyan jo chhod di thi ,kishi aur ke liye aur vo koi aur nahi mere ma baap ,aur mere dost thhe jo kabhi apne thhe hee nahi ,per kehte hai jab kismat ki burri tarah lag jaye toh bachpan ki yaadeion hee kaam aaye ,mein ush halat mein nahi tah ki ye sab akela kar saku ishliye maine ushi kishi bhi tarah seh call iya per usne uthaya nahi ,en sab ke baad maine umeed bhi chhod isse pehle maut ko gale lagata maine dekh ki mere yaar mujhe lene aa chuka tha , kaiseh mujhe nahi pata ? per ush din jo khushi mili na mein apne sabdo mein baayan nahi kar sakta ,bhale hee uske paas bakiyo ki tarah bada -bade bunglow nahi thhe ek chhota sa hee ghar per unke rishte sacche thhe ,uske ma baap usse behad pyar karte thhe , jab usne mujhe ish halat mein dekha troh usne sirf ke baat kahi mujseh " mein kya marr gaya tha gadhe ek call nahi kar sakta tha " uske baad usne mujhe apne hathon seh uthaya kyunki mein ush waqt chalne ke halat mein bhi nahi tha phir vo mujhe apne ghar le gaya mein kam se kam do din behosh itni gandi halat ho chuki thi ki kha bhi nahi pa raha tha aache seh ,lagbhag ek mahine mujhe theek hone mein vo bhi purri tarah seh ....

waiseh ush farishte ka naam bataya nahi maine ,uske naam

ki pechaan bhi ush khuda ke bande seh mail khaati hai ,VISHNU , ye matt pucho ki vo kab mila kaishe mila ? per ush din ke baade meri saaseion agar jinda hai toh uske sirf uske wajah seh hai ,thoda filmi ho gaya hun mein per haqqeqata yehi hai ,agar vo hota toh syaad mere sabd aur unki sahaii kabhi bahar hee nahi aati .....

usne mujseh kuch bhi nahi pucha bash itan kaha vo bhi ek aishe lehje ki mann kar raha tha ki ush per jaan kurbaan kar dun ,usne mujseh itna kaha ki kaun hai vo loog bash itna de ?

VISHNU : kaun hai bash itan de bhai ?kyunki unki zindagi aab narg banne vali hai ...

DAKSHU : Vo bahut khatarnak hai mein nahi cahta ki mein tujhper bhoj banu aur tujhe mein kho nahi sakte ham phir seh mile hai aur ish baar mein tujsewh durr nahi ja sakta kyunki ish baar gaya toh sayad kabhi na laut vo bhi jinda .

VISHNU : Pagalo jaishi matt kar mein hun na sath mete tere aur tujhe aab ek chhoti kharoch bhi nahi aane dunga samjha .

sach kahun toh ush din mehfil khushiyon ki thi per merev aasyun sach mein nikal rahe thhe ,mann kar raha rtha ush gale laga bash sab keh dun aur sayad maine ushe sab keh bhi dia uske baad vo hamesha mere sath raha jab ta mein aachi tarah theek nahi hoa gaya tab tak uske baad badle ki sham bhi bakki thi aur paigam bhi ,usne ye kaha ki chalne ko tayar sh safar per jaha kishi ko kuch lautana hai hame ,ush waqt mein samajh nahi pa raha tha ki vishnu kkiski baateion akr raha hai ? per jaishe hee ham vapas BHOPAL pauche maine usse ye saval kiya ki ha yeha aaye kyun hai ? aur isne mujseh itna ki tu bash aab chinat matt kar mein hun na ...

Ush din ATHARV ko maine ush haadse ka baad pehli baar dekha aur mein dekh kar purri tarah seh hairaan tha ki ye jinda kaiseh ,kyunki anjulina vaishyas aur atul ne toh ye kaha tha ki inhe maine maara aur inki body bhi unke mili thi vo bhi bilkul khoon seh latpat ? per ye toh sahi saalamat ,ush waqt toh kuch der ke liye kaffi khush tha per jab usne purri sachai batayi aur vo bhi VISHNU ki wajah seh tab purri sacahi bahar aayi per VISHNU ko atarav kaha mila ,aur usne ishe kaishe pakda ? kya hai ye khel ? aur unhone mujseh juth kyun kaha ki mere jitne bhi dost unki hatya maine ki hai ? mujhe vo qafas di jab ki maine koi gunah kiya hee nahi tha ,aur agar ATHARV aur bakki saare jinda hai toh vo ush waqt samne kyun nahi aaye bachane ke liye ,ush waqt jehan mein meri ruhh mujseh yehi keh rahi thi ki kuch saal pehle jish khel ki sururaat ushe mein aanat mein badal aur jo ek sirf dikhava tha ,ek dhoke ki chaap thi ushe mein sach mein badal ,mann kar raha tha ki khud ke hee hathon seh un sab ka gala ghot dun jisne mere lamhe barbaad kiya hai ,meri duniya ,mere spane ko mujseh cheen liya hai ,aur mujhe ek aishai daldaal mein dhakela hai jisse mein kabhi bahar nahi sakta tha agar VISHNU na hota toh , mein agar badle ki riwayat karu bhi toh kisse karu akhir kyun ladu mein unse vo toh meri nafrat ke kabil nahi hai , per agar badle ki baar karu toh mein nahi chhodne vala ,ush din purri sachai mere samne thi per mein seedhe tarreqe seh unper hamla nahi kar sakta tha ,kyunki jish khel ki sururaat unhone ki thi aab mein uska aant hone vala tha ,mujhe nahi pata ki vo mere asli ma baap haie ye nahi per jsihe unhone un rishto ke darje giraye vo bhi ek pavitra rishto ki mada lekar ,uske liye mein unhe nahi chhodne vala tha ,per kuch svaal toh jinke javab behad zarrori thhe , unhone mere sath hee aisha kyun kiya ? kya vo mere asli ma baap hai ? agar vo mujseh badla lena cahte aur mujhe kadard taqleef dena cahte thhe toh unhone mujhe isse pehle behtar zindagi kyun di ? aur agar atarva jinda hai toh bakki log kaha hai ? aur mere apne doston ne mere sath aisha kyun kiya ? mujhe nahi pata mein inke javab dhund payunga yeh nahi per ha ish baar harna nahi hai ,agar ush khel ki sururaat ho chuki toh ikke ki pechaan toh dikhani hee paregi ....

"

KI WAQT

KE SATH

BHALE HEE

MERE

HALAT

BADAL

GAYE

PER

MERE JHAKM

KI

KHAIRAT

AAB BHI VHI HAI

AUR JIN

RISHTO

KO

MEIN

APNA

MANTA

USKI HAQQEQAT

HEE

EK

QAFAS

HAI .... "

"TUMNE
WAQT KE
SATH
MERE
BADLE
HAI
MERI BAARI
AANE
DO
MEIN
TUMHARI
PURRI
KAUM
HEE BADAL
DUNGA ."

KI MAANA
TUTTI
HAI
RISHTO
KI
GAATH
MERI
PHIR
BHI UDNE
KI UMEED
AAB BHI
BAKKI
HAI
KI
MAANA
TUTTE HAI
KHAWAB

MERE
PERE
AAGE BADHNE
KI
SHIDDAT
AAB BHI
JAARI
HAI .

www.ingramcontent.com/pod-product-compliance
Lightning Source LLC
Chambersburg PA
CBHW021152130726
47988CB00004B/1568